石川　透　編

室町物語影印叢刊　1

一本菊

一年菊

むかしさかの御門の御時二条高倉に右大臣との[illegible]
おはしまし院中の御おほえかしこく時めきさせ給ふそのきこえみちことも
きこえて世の人まておしなへてあかめたてまつる程のむしとれに
武芸の道にたえなる中はいかなりける程りきや右大臣とのへまいり
あひおもきつまに一人の姫君一人おはしますころの君七歳に
天下をさまる御いのりに無双の御代とおほしめし世君のなき
ころよりたかしめくくいせの人ともおそれすまもとはなけれ
いしくおりしもかたいになとうしつさんそうもまいらん
とおほしめしあるかくりあるひに生死もしらすのさしひへ
かしこ見奉りちうやに御いのりさやまいつきあるかみ仏
頼にいのれとものそのきをもしくしにたまさか
あひかはしとかくさうとみへのみなきみかか右大臣とのの
にゆくかいうつむきのそいひかはきやくもあるかなえし

こまくろん今はとりしすとおもひさくまとては若君
めてたけりとはかるありさまにおほしまかせとも御覧し
人々をよそにしまゐらするのさいはひとあるへきとのゝはう
たし右大臣の御むすめは女御一人おはするにあかすやうやく君
ふくれおほしめしとのゝおほしはしめぬへくはとかく
ましきかの御ありさまともあつめたてまつりあふ右大臣
おほしく末の代にもおほえのすいかにせんとこう御かなし
とものゝいたくをりすくをんなゐの御ことにいひかけて
口きさへなかりけるへきさまなりいとよしあるひとゝかくし月
月のころにうりぬにせのなかもすくひゝにさてしいそ
かとくし一品の人くらくめのかひはれしとも御つかはめのとに
さらはの二位とやさきのみいかりとをゐのものちかゝに
若君姫君おはしましけるなかにいときなきさかり天下一

ありまいらせそろふやまのおくにて空信はかねと申あり姫君も
〽上に后のおはしそれは后と申けるたいの家にこれは君達すく
御腹におはしましてよのきこえもおはせすさしとも大臣家
おりさせ給ひし御しもなくしてしと聞のかくおはしにぞ世は
かしや尼とかりけん父大臣との御まへみちぬはやう月も尼く
あやくもまうさうもしてはべ井にたらぬ成まかくらけれ
こく無闇はもはかなくてちやくしん大臣家のわかものたくふ
まふへきにさうなく空信はかぬなりおしとしみてさくさの家
まくらはきんをはいすするわくさゆめのさるしともろ遁世に
てき上にまいりかふ宰相の助わかしけれ家ともして山林はまいり
父母は孫かそひをとふらふやくおもとむてはいめうとの
御めん君はかしへふるくこいに父母の行はいけより外はまうく
このむしかへもおいせするしまや中もくあつあさく尼さき

人のおほせをうけてやむことなき天下にあはれひめおはしぬと
もの名にあらはれしは日月なるあめつちの頃よりいままて
きこえけるむかしの人の中にあるは和歌は物のさとにいまに
まことにいはれしかは文筆は人の言葉めしにいへしくことやなれし
なにはきくをとめしかれしおしみやさすらのきくをまいらせ
こそれなきとこに見ゆる枝はさしつおもしろくことに前は
ことにもとこそみきりにまみえさせらせのひて和歌は物のさ
れらみしやらせのひていそやありかくつき言葉をみつけらるゝ
もろそもうれいはくくりうつしあるをやと給ひし
しかれたる和歌のもちひやけるはあはれは文字によるのくとまくまつる
あはれにくるゝ海の方は哉かりきんくらん人のきくとらく
さつて植してくしを大にいりすくなくとりて前に後へんとて
らくいましと文をうみてなりてたはいのまゝせんにそくめ

文道にうとくてもしみゝ恋てゆるめしに随てまゐらせて
とやせんいかゞとはけりまのゝ位はたらくその川の肩かゆく
ごりせめてしさいゝ仰られしとおほしき式部卿は文まゐらす
ありとやかくなりし文おくりめしけるそいさやしめのはし
なりしおかへりみ道ともかんまもこは兵衛佐助有
あまふれてかくものこさねともしてさんくかしわか婦と
たゝしいかなりくしんわれかんとやとく
ゐふうりてこは兵衛佐の文いかなりていのはしらこと
のはやとし第には情ありし兵衛佐の助をも兵衛佐は文
はなかはめをもかげさせあひてありしこまつひあるけ君
此事来もそくし思ひありしあひて文のはしといふ常陸
とやてうしかうらめしひて十四五年ばかりおかみれしる
もらいそめてあはきくの枝おりしまいさと仰あり

くれなゐのおりかけはみ露をちらしけさにさしぬきをきたるもあるを
とうしきく殿めしてまいるところにおほしめしやう御
かきのゝうたにくさん

その心きみかまへにうつろふ菊
ことやおほせらるゝきくみなる

きくは白菊をときにそするうつろうきぬやあそはし
菊のはなりむしりて紅の袖にいれとのゝむしりて御
めのしにちりてくれなゐとおほせありくれなゐをもと合
はうらみきこえさせ給ふくまさりくるぬ三条殿ころに御
をめきゝし御おりしもすみあひのみかけりしにさして帰也
女房たちうかうしあゆけんとて立いそしは花をとうりて御
らんく花よそくしてしぬ白ひみうとゝくしにはみか
かれてゆふ歌せらよそて三条殿は御ともにしゝせまいらせられし

りんあひて參議さうし文のかとこにいりしに文乃はてしくいりくる
まふいりふしてをしらりくくろ色かてしらちれしそう
あしくまかり紀南よてしかの父母生てかせたしい海
やまてしらくやみいとゝくへなき今ハ女御后の位に参りとそつ端
あふ御なきそらし世をひかの文あるみきうてしかを花しをため
さまへと女房ちゝとゝう宣へよし文をも返すを遣されし
はゝひよそしいの文

ゆきゝ世ふかとい去つ跡からかふさうみ
せ花をしいとゝ知乱まかしくかれ

はさうひいわういふてのちをきとこへと位せいつきくゝし
いこさいもまういかてし三条へ行ふしめ封くこてしいを參議卿
の文は涙あふにもそふ世うせいふかにひよこうさ人出雲の人か
とくくりへりあ人とゝう人をくむすしく御なぬ御くへしてうくなん

くれ竹濃くうすき花やかなるもなからん
あをみの色さらぬ方にそへつらぬれ
とかくしけるはさらに書置とりてゆかさるなり
いとゞおぼつかなくも世の常さまにおきさまなるに御かくのこ
おはしけるかなりし君の君は文字をとめさまもなくして
めとしましのふきたなきさまをとりて人の御ありさまなれば
みもちゆへしなけ人ぬさまはいふかたなきに
をしく涙さへ君にさるへくのかやうにしてさてもとかく
かゝる涙すくなからぬ花にはすくなくて一夜もあけ
ありけるを思ひてくもりひろさの那らしくちかく悔
まかりわかれめとしてゆかん程に母女御とのへてもきこえん
うけたまはりしくおもひ人とおほせとしいふさきつすはやる
いさにけりてむ情の程わかりいまではいさゝかにおもしろく

て自叙もかなはしに文は内志川のふ小笛ありしかするほどに
こきいはきみえつに宮はおりめし沢にかくるとおりしか有おほひ
まいし殿もちらくらりてありくさまゆけ車はさへてけし尼なせ
まふ聴きの声はゆきさてしみるにかひくしくとうしる侍ふともさ
もてこともすくぬ文ぞとしいかならもぬいどしていくせまへしさふも
今東は是は物のんちうの川とものい殿上に御是誰の車ぞわろそあそもし
いて入くしおもあさきふさせまひて車とも中つにさのひきさせ
こまうひとし常にはとのあわくすらくこかめまさいんおきれに
かしのあさとのうちもあさきに入せてもひてとのしいは白く
ともすりてよくくれ説しくて川につにけせのひとりしもまくされしも
いくぬまへしし文いちもわくへしとおりめしてはためとほは来の
おぬくるはをとめしててん下ト八のもりにむかとらめふきと所しと
いてさせのか時しもやみ月朔日はあるみなしきいそうしの時間ちらし

て風のくらに男ありしをうしなひぬるゆふくれに出てられけれは
くもちりかゝれる夕顔にちりかゝりにみえしはへりたく
　おなし川の瀬にそてのまとときの夕月夜
　うらみのそらをもいてにける哉
さて三てうへおはしまし村にかへらせけるにともにまいりて
いりけるにうちまきちらして車をとゝめ中門よりいれし中つほねにいら
あひしらふ女房うちはらひしとらつれとものおりてみるもあし
めさしあきつれにはあそひあひしく殿まかりてけりしみゆるに
しのひてさくすこし簾をときさしはかくる御の内にゐらせとも
火白く灯籠ともかゝけわたしてさうらひしのなかにたちいりけれし
させあひしらひしくはしんわかりけれし宮に申きあけり
けちかき屏風立てゝ色ゝ前に女房二人ゐられ一人はくち数めし
三重にかさね手のたへかきつるは姫君のはしめとこそんの

少将とふたりのひめ一夜に白きてうらをきくらるハ蓬と云荒屋し
人ハきくかさりぬのおこり色にこりしけぬをきくらかへる文城と
ゆたしくめの色梅花人もみなときまたくさきらんもあつけ
またもちいささききちやうち寄てちやうらひめしぬうらわあ
ゆくみ姫十六七とおほしきさ昨君きくみ白色に紅葉かさねみし
うちやきくれ弁のてうつまみうちやうしいに宮かくら
琴おりゆおいしけりくちあらさうしみくしらさしめて
ゑとらひをたしまいめるやらしし眉毛いらぬ母にみつき
さてさるけしきめくれそけさうく思に手ともおほうし
あさりもうくやそ姫さ文ハ是をれられてしうるゝのあふさゆや
いてや大内山にしによこきさきにれめるうハ文をとをいしめく
多くみ人ハころんにいまにかるゝハえさうきけとしころ
昔のめをとさまうくとひしハうくる思ハよおいんとそみやこ

とらまへくるまのうけられし人はすいさても姫君はすい
かさねていつとはいはれとも庵室しいまきしもこゝろせや
おりめすに神無月一日みやまおろし風もはけしく吹はなれたり
をとこは吹わけしれとのあつくきこしにうらこいいりにあやしく
きこしめすしこもくし東みなひ少将とやきこえん例ならぬことく
しくもわりこなしいはしろみすせの人とそさふらひける御はい
屏風のきはにたちよりてせうとのおねいきたるおりふし姫君
みはおとこにふみよくらえいれとものあつくきこしめすが姫君さ
事におりめして恋そしらぶらみとさきころもすみはて
ことゝもといくせのひめ人みなしきさきひめしおもひも
ならぬ事にあめこんのおもう給はいふう左筆の御ゆかりとる
をとゝくもとのこゝろふる人みなし姫君のゆかりいこゝにたちよりせ
のふまてしみやけかもしきみ古はましく思あきらみそとへろき

さりとせのふよこんけの将ハわりて都て見いらそつとてきうりに
おやすくとうしよなしそしらいしくくもろのひていりしくすおめ
そうめ絵ひそあまりに心をよくつれなくもて名しよふくら
めしさにかくゆめいろさいしせそらこそうくるひすとそておい
もしれたしこんのかねたとひきとれしめてもとらかしともいもしし
あつささせのりていのもわにさりとせしもふたに表けるわい
ゆうしもうしとせのひてそくくとせて文とやす文参て
つまさなけなるに気色にていさししすけ経心まちひの道もま
もられておやとねそいうそかく〳〵のさきとてしそひふしおりもせ
きちうしうとそよせのしとちて、はりんも色んすけまし、かねき
ちやうすあけきいてぬこしひいにいるすへ〳〵みはもうえしとうけくし
まん〳〵ちあるなかみやすんと左あつの御と云人〳〵わたしなかおかしと
とうめしく極色めきとくなりのひようしぬもまとしいのにせんとさのひ

る法流しまふらひ深し日しらはんれつきし事かきは段
かしのたかく天一つとのはいしへめ行し君くちふさくにそひ
うくれ由し死ちらもさらむら宗し一しいまいらし時ちち
さりくへふさ宮うもおやくれ千里の万里よかさるとくそなた
ものめてうしおあくれし名残を吉きらみれし宿りくれ
わかねよ我はつ心とたくる暁の
八雲乃ゆら見しらめしきられ
ぬらしさよいの筆をに記りまはるとしつくろひあら
きおきの袖のらく露けきもらひみれしく老なくとくと
ちきられたるしぬ者しも古くしまいすわるね浪に流く
はくるとあはれあやそてはみゆる
かしけかしさし恋しの道し死を見くるしわ
く歎しし八ハ恋しかやさくらわ

此女房をときゝおよひて三条へまいりけれはまいりてせんとせまし
こんのおほせ入ぬ姫君まいりてかくれし敷ありあめて説
せられける程にあいくるしきとおもしと仰けるに日ごろに
くれなゐのれし文をさいはひとおもひていくせのふしに一歳の御
わる十とものおかれ事給ひてものぬれ事もうちいりせのひけり
しのひおりあかくれしも母なる御めの三位やすかてゆうたいに
人をもこそくこゝせくれし城にもりせのいくうちうめの三位
あさましくおもひて姫のそれをはゝていくときこさこれ
みしみあひらめ君のかたへ声につの女房母いりていせたまひ
くみ日比よそもなくなりてはりくるゆうさと云くれし
姫のそれ御方いりしかる役そやる君いまして思ふけれ
君もそうしなされいらするほどもあるゝきて此君とう位
にも仰せの御趣さしにまいりて此姫君もうつくしくおほしめされし

ばらんし付すて延て伯よ言すん難すらすきうしてしつらく
あにせんところをひながしらしてちくぬさくれけりし姫君と
らしまふ千しと云ろゆし佐やあるいはむめ君とらしまいらせん
まいやまとさこあり念の助とらしまいらせて十な姫君とらしま
まんまやまさき事とそしらしまいらせとめこにてし
おりふにこせうれはよも成よくわけきあれおねいに大人の御子
まいらもめりれきみれ助とも よんみ給へらいおとろかてのふ
もまて藏もつくんささらしくもれくり友さるきくとも
御門のめめとこれさそくとしてまつみえまくにとひしてら
おこまいらけし公關下一人小くき事しにおもひて皆おまし
やよしこせ川の東をこまにせんといさまひのひとれ藤原
のいな文ななくれ前のかけくおかさんすゆおりくれよ文せうと
まいらせぬしよおかりしけすにりもりしとおりあるにこせうれ次に

もろ〳〵のまつたくこさゝう嚴上人は、しゆくとまいらせたまふ四位にかね
いゑ上人は位よりちら文例のとくまつのまくに給ひなれけし日ど
ろゝ人らう事くしもや嚴上に聞らちもしめて四位は
かねのふらうち藤しさんくにはちらしていさう、ときくなし
けしなの四位のかねいへ母ちらまの三位乃房よりてまれてまにに
せられかたをおとさせぬせうひなしと云られけるまれ
三位よりきおりらとおりひし北の房宮のおゝ五のもの
おねらうやまにせられてふかしもさんくにはちらし
三位二人つのよるれおもくにはいりてすくやうるは四位の
せうひすく成てく見たらしすゝの物れ去らるゝことゝく
こまうて上人はのいれまつもらく、まゝら家れ物太夫は今宮
のおとゝもしれらとやひてく志ゆれはかねは、くとてはくい
うしろんと位てに終まし人云四嚴上人かうらいてやゝすると

しそ給ふへの御といふ事なりさつてふもあしはひめ給
まうらしくおやこ二人殿上にゆるし切すてゝ侍ようへいふ事也
なやしふもとり給ひんと泣こうれやせてはつおとろきお
かしめしよそしてん下上りきるへあるもしとてきるへとする様
みふ川つせ斗ある事は三条殿此御一つさにるね給ふ限しもろ
とうおきせうとうとうしなさりんとまつ事又たしめごせん
をそひる天下にやしおまとうるもとうきてしうきすう
いるるしんあくさつてふもあてとこるふやしとやされけ
まさしかなせをとおひるんをとくめて殿上をかしうりん
あさくおやゆれしとくゆうみ辰の時にさまうしいうき
うそくめしうるふれくきりて天下人々に目をみあいせこれし
いあふやすうらのゆへまうしてひゃとさつてる事すみかんしき

〳〵しそはこふの浦へもすはれしまいらせん無清の助いたい
しゆこうあるにゆくすへりめとすは倭し
あふ地まうけをとゝさせまゐらせしとのくやさくか
たゝしものおんあけのことくみゆめあてこひ
くちそちりしも及しも関白の女君いくくあって
無清の助きくいみるつゝみむくひて御まゐらへさせみ
せみしもてにたさしぬ御日は辰の時よあといてさつま
うこきうい浦へと定まろぬくるかよこまつるは代にそと
のこまくて立ちまふくへの公まきって上人へられもく
と河ともこうしにこくむしく立つ人をあるおいれや
よんやり河の急りかし月日と落り給ふためとそ
さひさつくって立まめ助乃とうすふときうい浦へすされ
もるみ出つはしまさうゆめの二位みめてみしとおいゆる

ゆうかんあんは道にも此人々へも新古今まで花は
下月の前いつもちかさきしつ人とくたゝめへ袖とをそ
あかりうくく中将は小子三位の中ぬとか人々ともにあきらかを
たしくさて いてんのかくはあみちくさ共に名物の袖をとり
ちくすくしらかれはすそ侍しこ三位の中ぬのこしまいく公家へ
のゆとのし七夕は少くしらねず日てん上一して二きをはつ
よにわさうしすおのひ色りして春は花は秋は月は
おこよも色くうさむひる事ものくてん下一にまいる時
も公家物はまくりあいとときたひしらくおもひて
こくわおりしせすとすは時はくる色ととらせうんてんの
さくくさやくひやとたうつめわそひはもいはゞいかなる
えにまいくせをおめひもらしぬおろみは後々やとらく
みさきあふ公家は物のこしまいく父母にちかまいくせうつゝ

り

扨て出家して山林に交り父母にはなれをもとらしとや
いさめくといひ侍りしには妹の兄とりけり今宮に父母
おいさらばれは永いさのむしろにも侍らむとらすて
難波わたりけむとおもふにききたるとおりてやまざきに
家住へ侍てといふすこさん抱切へつくる要文めでたんけるか那
くこめ今度もうかい沢抱つゝ孝や度文くたる三寶に帰して
いかふとしに寶物の掾やさんとらく之のへ大中お彼をとりて
思ひきやうけるも色に成ぬるよに
安井の月りもろく千しさへ
とめあへし象形の助くうん
まつちはしけに読にみし月の
のうめにうけ絵んめうん
やしにうらみりめてまつ人殿のおうすくおしあのひけるを

られは霜月十五夜大内の庭名月殿にうつり給ひまきけれは
雲もおほはれけし月はくまなく吹の風にやのふるにおかに
しくしくるぬ見えさいことおもひ遣りし夜にしこに初りてし
ゆゑなき七夕らうすいりて雲の上乃絵ひ百敷や大内人のま
しろいろふうとあるゝ心さきとくくるるね給し名おもひあると
さふらはす文はかりとおほしに月かけく揺心もきこしなれを
すくおほせあひたる折もきこえて此大なこん此よし承り
侍従のないしとやはらかにつくつくとはつとよし承りて
さいしやうせしうるゝの公卿てん上人めんめんに仰つけて
めしはしはいまたしかれともみえしかは事あらしり
いかにするらんきやうやこの宗の流よおもひゐてたちひた
あさうらをしのひしにおもひおもひの宗の物いとこ
うけ給て侍従の内侍に今一ど勅定せんとおほしめし立給

さし出す肩へおしよし書たとおしつゝかきまきふの肩や
さしもよす内侍や是よりおしまさせさいこの継中さん
そいつれから内侍いと内からたわらのかりうらしたまいれ
色くおんめしとひかも出し主殿従の道し吉とも
てん上人やまひさしくん抱侍ざん池さくし波のよにさく
しひ文部へつゝまつしかれけしさいにれまうかにみえまいら
せんと思ひてまいらてゆよりくちくもくうるんといふ
きこえ子こいうたとおりめてぬいと内からともうてうく家
まそしのひとりあるかいそき侍るとりゆてあしらると
かみちうさるし色にたしのお染のうちきさしとろ
にうけていそさし訪られきさいにかくうくりて
月よあくりてこゝろきえて限みもうかにみえてひ寄る
つゆしてらうしくうきまるきわつぬれ色やおもふに心も

きくかとひ給ふゆへ上一にくさの世ゑとは髪とかく うそしやめしやさうともてん上てしやすまひけらん ねがはしくましくおさせまうんらしくめしさくまよくしくとひ まうふにまかれ下一にてたまてしゝ我とかまきらにすいかゝし まうつ多いまゝしふろくらいの海ゆ沈れいうちらん世とも いとろ給ふしくもおうこうと思いめらしく雲れ上一にうる まてひつきまひいはちうしとくてにあれめし出らく つまうくらまいそくとめ後の世めとらしいふつさせまいへと 宣らすしまいしいうくのしまてとしゆとも三うしすくいいの 流をとい申事よしめていうる事そとやまらすしたまた こられ後え給ふるうすちすまひつてんとおもなしこうりも めまいさうるうりやさへなるすり心うけれしせやまと のうにきく世まへよしくしひいきうしくゆてさいこれお給

ゆくすゑ二条家につたはるといふものしに見えたるしく勤心静に
けふこゝろみにしるしもや侍る道有ゆゑなりけりしるしとて
これそふかきのみちとさらにたちにおほくる心として無風
うしろやうに色なるはけのくいはくおほし内侍に至る
今いとゝめぐらして其ゆき君か門
はるのやうにはけよおく

まいし此日春事
つゆのはしはるのなくしもゆかせん
あしたそはれこそとせ穴
いるゝむつしろ埃やそやいるもの所ましもゝよも
はころしなふ真かしに人のたとしかれみたち之の勅宣旨に
むかふまつはる事なかれ心の明のまいとふかくもかく
あそるまつる人此方のしあつそいるしかしかれみえしめて

人まねせしとおもふやいとをかしうてとこそ言まへ内侍
彼と色へてともらくも云あくるところ歎の筋梅あるへきに
おもひそめるもくしまふるかは君月あやのすかたれしたし
たからの花の日みえに君はのかしきしける月げ海
るきにるくらん為しけたりしとうしおくまてる海
めかさぶるもはかしそれしそさいこのそてあるらん
とおもふにいとく月もさしてお所て云もこ門下吃
とみえとてくそもみちにあつしまゐる車にのりここかへおい
しましめしのほかしとくとうらさくきこえんおぬとめし
しせてなりしかせもひくるはしいしせまひたくると帝
せらはらしたしやよおりいさる火のせんしとふひやし
一 人の数とあ君はつよしきとのいく後へるつまふしましく
せくもれ心きんりにれいとをやこりんとてまりてひせ

やまひたる様のおほえ故とても別してすくさいなき事
こたとやしなひし女ちきりせまひてたえぬくばかり暁に
出家まふさと御身の位をふかく御さ世給へるともわたらにきゝて
ふ事あや燈火ちろくかきさえきらやうにわかありさま
まひてこれてとおほせしたるれ御身の御わるとて
神と影にわてまくいそきさいろまふ妙夫いやまめへと
御らくうら明しのふ気色もおいせしく文いふめくよ思ひ
もとしらぬるとやうけるい夢のやいるまるまそとゐろし
おわしゝ御身の御わすしく中にまあるい務ありにとこすあ
やまわ侍らとつのそろともおもまず四位のおわしてそやこ
うらにせしまてゆたしれさこかしくみ草の後めてい歌
しくりしまもわりしかま文方めてしへまし名もわたしくゆ
てそれぬもいろひそて御のさめてしそろへつかし

あまりの事に織くりそめてのるらんけいさらんをとしめまて
中将殿はそれをきゝまゐらせ母ごとのすゝめをも
うらとけまいらせしも不心よりすけりまゐらせぬは神の
めのとめのとゝめつゝへ申しゝもるらふまへくれちらしうらみ
いかにとひるゝおほろしく絶え給ひ人も父めしゑはる
るまゐらせしんたうくおそめくとわりしかいちゑ
のゆかしあまたるは大人には父母にはつ給はしらやうとしきこえけ
任りしぬつきさ山路に入かとしに父母のなげきをもとゞまらん
と思召しよいかの姫君は父母もおもくとかくにやはりと
るわらまふよしなきて人上にて任ひゐくして果には
うらみはて文月ともなりてあまりに人のこゝろかはしくもありて人に
へこゝあれ波はゝくいのちにうらみをも
とてもかくあめもいかの姫君太郎御所に川にみつけつきて

唯一人候うりし事さへあるにきゝ給ひしせて驚入ぬるめの故れ
やう〳〵御しめ玉る姫ゆゑめにとくやあらくなげきいれ候へ
めくりて逢のさいはひともなくくおほそ給ひししくともさう
ゆへなしらは月もうかみくうちしこめにつへるよし人くし
くまじかの役にせさ給ひあひしそ侍うそ祐善ましも嬉しく
さひりいらせんとやせはあらるこゝと衣の袖くちるく
ても思ひんめさそめしらあなさひにおのゝめもし昨月の事とも
守らくおのふ御て玉とも命あくもしるかうさてしも
けつ候ふさ侍ら給ひし母法中にわらんかきらせいたるめしつけらる
とくこの御んと暗さめまらわれらそうるしけれと仰せ
ありくらわれしく宮御方のくいまふ御ひさとしるくあさ給ひ
まへし宮御方七歳しあてん上一してにて御年二十二に成せて
大かくさいてん上一にくともなめくいこれらあめら帖けにさう

さ候ていしせ候はゝなつかしく御けしきにも候へてさいこ候れ
うゐ候へ思ひてあれともしもしく中門めくらまて
はいさうもにまいらまふらる車にめしてふしめくると泣し
ゝくらに有明の月山路端にをくるありさまし
明けはまた山路しらくいつまぬとも
まいりてわかれわかれぬれぬれ
象耳かこまとて
月かけはそらにそかきくらし山路ましに
いつまてしいつかめくりあふ人そ
また候まゆれとも中々くともゆるしもくれぬめとも
きこつかしんをられまつるかくもあしとやてまいらせけるみ
まいらをわかれしましいしん車ともせまてもそみそれ
御ふしくくとまうしこもつはうれいくをもし候ふの事にいて

しやうくハおのゝき女ハいよ／＼おそろしくきかうきなか
奉りていかゝせんとかくしんと思ふのこゝろそくろしけ
れさしもゆらわとくもれとそうし出させ給ふ御
ハ車ハおともすしに参きうまたし姫君の御かたに入給ふ
られやさいこの事におほしめしゆきちかうさきあわけて
きゝめきてハかうこ近つくと見えさせ給ふもうたくかなしも
るさきれハかすかさわかしくる白ひるそしこれ家主ハ成
しらもうつくしく子細はなくしれてにもうのめくらみ
うらやきこ袖いもしてここにみえおしきといゐんはしら
るかきたるしむもうこそみるに中く出てくれ
無かき助るくのこまひくるハ春宮ハあきいふとも
かるしうとミてはせまくとも夢うきもいはきも出来
らいたのこゝわしなういるるはこてるゝかわくうたしやつめ

はなれて山かけよりこそわか父母にものゝ怪と思ひけて
人々にさいしよりさされし君そ外よりのむかへ
すてられけるは勘当として女房たちしわかつにあひそへ
御ふくろすよりくも文給へとやしるしたてまつりたまひき
しるけれものゝ三位なれしより此姫君ともいふて
うらみんとせんところに心ゆるしすゑて川にしかは
らそ見るらんしもとらすもあふまでききめ
の姫君ゆへにかくにんしとくくと歎さらふ仏よ逃れ
おめともまいらくりせんかたやよみわくるかな
今参の侍一らうこそにあらくしそのゆへいかなる事哉
いそしきらんとまゐる文てん上一めし座敷なりしためは
しやも此に世川にあるうしすゆへに
さつまやうしきの国経へとよくよる二つものとあきらし

はれともつれ人々のあはせのことくすゝしうちかさなりて色深
さうゑもんしき車のさかへ鶯はかさなりて
くるまかけるそとめさせて色の衣紙めとゝめ
つゝくにぬきてし物紙筵ころも
ましきにへまいりて出し記
かやうになくおふしくふるはちさゝめりしてさみけ
んむいしともちさせ給ふれしすゝめにあさせすひくら
今一ひとやおかしめしらんいもふとのはつへまうる姫
きみみれは花めゝいとやかてわかある人気とは逸せく
まれあかきしあかいかめるすゝみらんしてはみせと
つまらんたもけしまゝ思へはゝかまていつまゝしふ色
かくもおもかへくやゆとくすくもゝのふきみ君と
かゝんしておもわけるはしさ人めもこちもちめ

たゝれし帳台をもとめもちて車にのらんとしたまふに
宰相殿の御とのゝ袂にとりつき給ひけれは誰にあつけて
とてこゝろくるしくおほしめしとてしいて父母の御前へ君をは
わにゝのむくらをきとゝにせんとてすてゝいかゝせん
まふさとりけるまき合るかしへぬとて小声にもよもすから
さくしこられまくもむかひのきたるみかとも待たる宰相
みちねたしるさる外にこゝに宰相のきこれいはるゝるる
しき弟うち入奉れとてしれ車めしよせ姫君をこい
あふはきつけ急るとてしやすゆはくる肉もすゝめやす
あさとるみはとらやかせともよしおかた出にこの宰相
にゆう別とつりて急かしみ別れけに寒こをいてとかみ別
はらうに山ちかき宰相とのゝ人あて付のふれかれわしして
いかにのよせまいしとてはもすゝうらくへの姫

二

當世のふしきとゆきすりのはかりことにいゝふくの姫君侍従同中将
三位中将おほしく此又わたりして随身ゝ風情とかめて
おのまゝいとしく京へまいりけれはあはれにまかせて隠
とらのみとのまゝとて見られ京へくされぬ晩は川ふにのり
うたゝ九つゐの御めてとうみくる梅も家内に三家へ入せまいらせて
いそへもるに夜かくしこにおゐてこのやうしていつかへ閉しけれ
姫君はあまりのかなしきあまりて是につけせまいらせつゝ夜後
ましやこはいかにとおもひ祈念してあかおんにしに二夜
見えまゐらせみてましませんといふ老人しきりにいまいましく悔にるき
人々とれはうしろへいりにおほえたる世事ともちりもれすし
至しくてまくさめんと存しかけせしかいおわりなんいつ
ちのまへもうてゝ来らせんとおもふまゝさかとまゐらせ金
此助家こそへ入りしめわろ見をき付るのゝ御のりしく仰らんと慰め

まいらせける法にはられ一つてしらせしも文胎らさ
はなさて説しけるにはいすくるかみすみしかしときき
申まいらする菩薩の御事云は中〳〵とかく申すいそき給ひけん
ともかくもなくしすく申しさひようかる侍従の御侍従の局
にまいらせおはし中納言のまめ侍従の局へ入まいらせて
なをみの御とのへあはれなるよ法よくるも出て
きにいりけるおほせられんと云に内侍九いのすみ上
みてといとはみのとえしらぬの中らといふてすん
ひすかく思ひて云もおくへとぬかるに母宰相のこ
まいらせんとやくへきこえさせいそきこれて見んのへ上まに
実とものんへらとまふちれさせしいらくへゆき
あからりやとおはふにめもくれいもさんくれとこれ
みなかゝ外聞よからん給へまひとてにまへしめう法は上

にさらひかい春雨とゐるのみくぬ君いれも法の中のうへに
あかもひきよにいかするゝぬかいにいようしゝはかなう
はなるゝすたなきけまへとりくるん
君をれのふるさとに沈みゆく
らんよの雲となるらんものいそらん
うきにうけるみを親よりわてしらぬめしれは文のやうや
おかつるけにもみせくしまふれし心もとくやわんにれ
とりこにしてもくとて来けよあはれむくもとか
きこえさしんと云けれしろ一ぬの肩とり付くあわてい
様の様のまこいつしまいんとてたすすといそぎまいとて硯
紙とりおしなをくと云なるべし筆とれあやもし上の
あるもひと偖つぐもいりつきしようしく様におもひあ
りとせてよ世にわらうたてそとくやはんとらめ

思ひしもしに庭にみくろとするやとて
すゝしさのあらぬあらしも吉川ゟ上瀬
とけるまてうら外ぬこゝろぬのはなのこゝろさとよはし
まよひ位よとらせぬ限られくらい濃みてるとよろぶ
月日姫りもとある姫に橋のおくし此侍くそうわひかぬ
とてりし大蔵卿とものこれをとり遊んしていよくゆるこゝろせ
きわくもとはみなは生て此道とはりめとこめの上一るゝめの上一とは
かそくわりれに内ぬくれぬとり姫にいるめ人をなとり
付にいらせんめあとらんさらに申さる此花のあきしら
花らりしりくれしおきとしつと云ともまくせらんこれ
中ふくるやりわ殊に八幡宮とかへられしわる子細り給ひ
みやるお年始ねもるにいめはくしれひくひめろ川は
思へ参るさ給ひてすゝこ川とろこへとそいさしとりへ云なこ

急にちかの紀へくるとおもひめくらく
一 執筆法てきうらに此和歌秘書と
是の古筆乃るそ侍るも者也
治まりの風にしいかはいり物に序しめらるへうつはよくく
書には筆のあはれをして題有る所へは尾しもして九字此後附
まれ不をにらりけよかあるをよ梅へて書ましいその松風
とこく吹すもすらいぬすと此書つとめしてし荒まなき
例にもにも急をとひいらかる執へよらん世にやとおもひめ
けるにてしも執めいりふとの作者おもひしいりいてあります
をとも紀にいひくさめすこさせるふにそこもの二位思ふ
さゆるるしてしこいは作者うししかんとおもひてしとめれ
そ川おけれてめし此巻へてはりふやめるふおて法りし
田舎べとしもうらはりきやいくらてしもへきれ

色かはるましとおもはれねはうちさゝけてたてさせ給ふ
かのひとつるは川くさいの二位なりもとつるはまいらんし給ひて
さてこそめてたきことにてあるへしと思ひまいらせ給ふのいまは
くまのとやらん参詣のありさまかはりともめ
ゆくはやしにやすしめてあるへきさたにしもとのしり
いはけなうていとをしくおもふ人を入せまゐらせけり
すんめいあにもとめしきしさへいとおほしめしいるまし
ものまゐるへしとてひしめきまいらせかゝるぬにし
入せまいらせて御ちかうしていますきんとあはかふ日よく
ゆるはにとやせてあまきりんのゆふやきをみとも
さとくおもくるしきんのかねもうさせてしきるゝをみやかて
さつまよりてとかいまいあはれしあやさせまへちきさぬ
はなしてしやけし車やうしせさやましけにおはします

八と親子して車よのせまいらせさしもちんのおゐわかいさく
しくゆへしくれともにもいはぬ思ひよらしくさ
わめきめき家わあるわかるはのかおとに顔をつゝいくる
はしめハはしゝせまふなき前かとゆく八ハわかくしてそ
まみけるへもくとも中なきさ押こめくおして門よりて
八とながくちゝせくちめ投もその衣裳ほしせよ思て
らんのおゐとあるかと八ハわかしことふきたる事やはらぬ
こさやあると仰ノれし八もらしこいゝにとたかりめし
かりしよわくゝにりせまくなしめにくら立入り跡わりけ
まさしくゝくて八み若もせんふとやくゝきとやと
なとももさるへをとたそらくするせるゐてときゝやは
あやしき事ならて火とありてまいましと仰くれけ
祝なし尽みよいよりてとさくやさんとやせてしてるかまれ

三位のことはりしてはいし給まへかゝやせむこれは豊後に渡
ましますよしをくなきの御さんはかねめしてむかいにまいら
やはらかにはかゝう様なくとも思ひはかりしいかまし
しゝ逆様にさうらはせまくるべしともとてもなくて
もゆるらんいそうのめしかいおるゝたくみてかかへにやに
うらせらを給へしまれくともしこゝらまへ一てうにまゐる
てゆとやらくれけれ姫君はかゝりも入させまひはれけれやうて
車にのりのせまいらせらくはれけれあさましきさに
えまいらくやうちれとやつれけれすさましくめでいる
へもせてもものもさせまひはるゝてあさましく
くとやせと云ふれはとさいさいきまりけるしけれ
やらけれしえはいさるゝはやもわくしけりきまの三位か
三いさとわかしれ給み大かすらはかし時いらるらにへる

かくてとしもへけるにいとゝまさりて見るめをみるほとのむすめな
いつるわかれはくしやうしよりひつくいかてとてやまはくん
まゝ命をもやたちぬくんとさゆくらゐしくこゝろしあらも
せつしくはうとともにさしめにしたまふるかしこやわらんを
たかめしきそくゆくとのさせてなからしこりらんかくに
ひめのくにとらきおさめしとおもひてすれはちせまひける比に
まつしくとつめきとよとりまはらちあせさせ
まひぬわかれかたら海の二位といつきくさとおほせとも
しこの御つか御めのとくもりとまするもしやらも
かみふかつせんくみとのわおゆるのかりうとてき
ちやうとつくとんとみかくれかちれ恨み御はよ白にらとて
やうしもいれしわさとらてしめ後しくれも姫君れ
出てめてめ

うれしきことは涙にてみえしきは
ことゝはまほしけれどいかにしても
かゝるうきせはいのちあるかしもいぬこせ世をとくかくしたく
つきせぬ御覧しわかれにもあらし入道さまふかく
きこえたてまつりしも我いるかくゆるやとおほせとも
たらちめのこゝろざしのみ人中にいとゞかなしさも
もろともにならはぬも思ひきたりとまへとをしみつゝ
うきせのふかき心の内中に付てもすゑしらぬことに
いとせめて思ひまよふ心もとにかくせまりてこゝろはかり
おもふさへいとゞ給はぬもとけもうち思ひねあやうくかなし
涙の身にとまるものゆゑいとゞゆくへしらぬもおつるなみだは
思ふに人瀧とこそおもふものからいとゞつれなき
さてもくらしつゝまてはひさしからぬよのなかときとる

はるの事はくちをしさよりまけはせまふそありまさなら
さるくめそみゆくれよあるさしゆるゆくみ御さ
けりわにやせよくらあめもくと御とのいかに御そん
えみるやうしけにれいとるに敷めまいくせくぬる
の書のあそひよ面白きもやまにもてうるあしく翫
をひせよとてしたらら志候へきへハめわつもん
えぬらくしはもらをひわりくろに人くやくるハ
にけられ宗みのくうをみなの志てふ事えめうらみ生や
く翫めし花浪なり月のおほ詩ころもあんはくく
かくすいるかゆよおいとくれわくしくくれとも
とめく彼とうして中将の中のをれせるて侍従
月侍ハ帝にてめもき翫きしまくし侍さるしうとも
かの宗みゑよおそくへ御に浅くとくしとしのひくなり

あひころにおろぬまつりしもよ出てて山本仕へまゐらす
ちまつり梅よ扇に江戸の世におはしめそのまゝふ
ころめやきて御内侍いろなおたなさようしとやうしつれし
一とらぶんてんとおのづからる梅へ桑原とさしてしにわあひ
つくるやうしくるもつりてとありふ人々おもりめし
たからへまいらせまるしも此待従のらへしも此扇をらん
もれゆききてう此内侍柳の七君桜はらくしものうちまき
すきまめてうる衣らいいしらにぬまきうけこさんとに
衣扇のゆうらぬよかにたましくしよ花やとくらつらん
うう衣の袖衣くいもしてこゝろらきさ以るゝに杦よ
めちせまひていわよやくたる風のゆうつくおつと
ゆつさゝよれはもとくしぬたはひやよふらり人とひめ
かくも御わつらひれれし内侍たそとおのひて衣ろう

なをとゝ人あまたあれし高砂きゝみたまへたゝいまいとゝく
給ましくゆかしきみをはやしのもとゝなるをも
くくてぬしゝめ給よ花をくとゝうち給ふてわすれ
給うしうたまやっにいひてことすゝめなゆふこゝ
まけぬゝとしるかしてとくぬやみなるまてすゝ
うく柳桜のあをにさきにとゝすゝ千はなおひける
すこしやはらかにてけれはうちくしつるを
くゝかにちよしとやうしすまひてたえひ歌くこそ姫
君めてし一日もいふこうしあるかくおもひあるを
こゝ給ふともかくよるこことまちくるうことけれ
とはことみるともわるし給ふといひうつしまゐらく
なしこれともあらしともふ人又すこさやうしける
るゝうしいいれ遠見ゆおもひれいるかきゝなん

人もとらんとするものもこの人々おくらざりきうきなりけり
内侍のかうしいとなりしとらふなりし玄宗皇帝は楊貴妃
といふにおもひつるゝ事にかれ幸するにてこそはありけれ
生川にてかの内裏にてあいせし楊貴妃は神の世にあり
かの色ある玉のうるはしいかなる蓬萊にありけるにこともなく
もとめけしも七月七日の夜半のちぎりをもとめきゝとゞくや
て在天願作比翼帝へきこしめしとゝらへ大なるあ
雅くは連理の枝とすましくはもとめこそしとおもひん
と語りもかはらずわすれめさるやうれしかりつるかなしさど
かの御遺言もしたがひし内侍のもとへうかいもしもそのうちにきかば
もこそ絵にもかへしとてしかんとこなゝ人のありけるし
あなとおもひとしく
やうきひせとくかへしてこそけん宗ら

はなのうつくし殿様方遊し記

今はむかしくらゝ桜花かくかりける此草と作まて
むはちせのふと記しもしてありしおもものゝ三位か人く
くらやうて帝はおまいらかくかい気卿は文しくり
侍従乃内侍のかへ通いせまふ内侍みめうらら徳まくを
見せとや中さらて四女はおめよおいひ扱さやとや中ふるとゆめは
ころやうぬ見しとや内侍か局よりてはら通の三位しそこぬとく
四位はおめよおいせさやまひつれと云てらひ給ふや
されあれにわるぬあいてあとせ女房と成給ふてそこにけり
てくてくたのちる氷よおめにおしこめてましあそいかに
たのみもはふさしぬれは大ア付内とも人とおもいて
姫もくもやすのへのはせくいさしゆきなれせいくすへ
きつてくり云ひろすさうみわらなましこと夜おもんと

たのむ心とて文かよはしたまひぬるころとてしく出て
すくゐたる月日はめのとにおほせめけら大やけにゆるし
たちやくいてくいさいくんとふしのゆやいそきてと云ける
めのとはいそふ車ともよいし世給てかしこにとくゆる
十三よりはいつてよしせとせもそてまつらい侍るとゆをし
あしはそうさ住へのなるそやわされようらしき柳
ともとらむそなん人もまきわけさせ比は二月のすゑ
おもふのすゑれなし勝間来花の梢にもひとへに見え
みくしつはい中ねこやらぬ

すしわうたもね立のきますみ
うらかんとねのふ弁とにも
少云へなし侍従ぬすひしのくるん
けるあまりめらかくれあるし申しにゐる

月にいりては絶くらあふ趣也
こやしにうち渡てすく車にうちのりてあところやう娘きや
かきうまゐるらんとはしめてしき声もゆつてはへつゆのなかへいりて車
しらたちまのきぬれゆきはうち外るくしら外の事をしはつ絶り
これとしの春流ちめくにいくはうする所願まいく内侍れ絶めとく
所まへ極りけいりてやうきなぬつこしそ恨ひてくさつまれ
おほとまいりめおほくくかくけりつけ恨ふたくいおあれとも
ゆへすく激まひし家れ仏とのつおいとうるにとうし世まうまうしく
ゆきうしにほふつひもとはなうしくおつさせし荒うしと好くしられ
よれうしとや極しくしいときさめさ後まへはつまめへくしまいうせ
むとやせは肉ゆしひ見い神仏のの利まやと嬉しく文毎に
いらかれてめのとけとるのとて三月十日あまりに詣といて川にあま
ぬかとい川しかにおくいぬめへのめ内れ従ひ涙ゆへ留り

旅なとしてゆくへかうくかなしくゆめくもぬともけれにおもほえしへそ
行よりかの蔵人所もいもつるすさうへさやうつてめのとの人に
同しころいつかれし人余部のとのへおりもちはいかにくるしとおもふまに
まてしはらくは見しかは二十七日とやけれはしめのとも蔵人式部とのへ
たちまちにはしらくはすゝにはこえまいらせまへとやくれはたちまち
しさゝくへうつくていふこさしはみつくさまふ

あかとすてゝみるめの利めあめあくしぬるめ
うらもてしあはれいそ我はつゝ歌

おかしけのゝぬすにやすんとのゝましゝくる月待めれといふくてかへ
こゝらうくらく禁むしてこれかのあさやうそくにしのゝはへゆきさ
蔵人式部とのゝよ地やはんといふ殿上人のやとおかりかくこいいかり
見てうやいふるゝくとわりしゝかいかゝの文はめゝるゝしりしせまいて
いふとてなるしるしひらんまつしかとしてくるめうにとま

狭さるを仏とのくらまあへん

あさすこ濃うらにいかなる珠して

あをすてくのこ見る魂くして紳

とうくやせんすゑくしはいゑてさいしせまえとうくれなき
めゐとく綺らひたつみたつにしらの花世りつ者ものとも
あくゐのはよおりしぬり村うんむつに歳慈につくろうけふく
ふさまさろによしわうまてすみすつまうい名め松殿すこく
三つもらけるにすくのあゆうせぬへくれいつにあかしこおうん
つくあはりしも松りしくるしもくらくみうにすくくいも
とくもしるとかこし伝しせつれし気衆母いえさき方佐
つくちしとませとるれ相しらう楊いへしきおうまた
盛つ連えてつる恋めするくみうしわけしめしとうくれるぬ
まいゐめもと皆うぬ婦しにすうまふ志いしうくるて紀わうるよ

心をこめてねかひたまはゝあはれ　なし何はしめよりしにあふそく
ぬれたりひたすらにこひたまふそれの様をもなにともにかへても
今もわれらかそれ相伝の梅も我にゆつりわたしたまふまゝに
うめとこめて三条の御法をまもらせたまふとのことはたゝ一ときにはつよ
てくこもとくおもしせまふところそのゆるしかたまはる上ははや
とのひしにおひたまふ機をさとかしさとり
まふないまふとの御法をせたまひたるとやすまふにまつしめきそく
すつらしてわかれさせたまの御法たまへりける構へ代三位の御こいとなりし
今とやみ傳へんもこれにてきれみやとらせつたへんに
これせへんもわかんするにしきこれて御縁として一筋に此人代
梅をとりやとあるせともこ伝へもすさうし父母よそく
うくれるつねにも我とまするの内待をとかきすてたと相伝の心も
いふにしくしもかしと今でしいふまゝをわれんとおもしめし

しはまていわんせんといのりまひくるゝとも後いまやうにて
いうし一条の法まこ紀さうらいもとのなせきもとけてまへと
観世いのしゆまひけり紀に京にいま家にとしこめし焼
まいらもてなれいたまの御子きのおすんとい歌くさ君ぬましもとも
さてこめしまおりしもこと家れあるしめまてしきあれ
はらまね出の国代そしあるもくるゝ京よのかすそしのむれ
あうしにねやはんとゆ入りかにすれまきしにはこ衍部の月と
見てあらしには姫君とある茶しとれめひてうらに入
もち云輕ふるまそくはしたぬめうつくしきとおさうけれ
そはるいふれ入をやと見られしあまいやひるうすさい入
源世をしるのゑめれしもてくやくれそしおいれし
とりむらゐ人おりせしこれしよまれはあまいかしあるし
たまふやうけるのまめの二位いらしけるのひのときえさせしく宣

ゐなみちぬいりしはな梅もてあらはれはうなしこれは
人なあいせんとおもひしもとめぬ十二三のほとゝいふをさ
府中へまいりて御いとまつかひ申て夕はしるゝいはとき申しけれは金
もらひてしは此入入まいらせさせとしくとへて府中へ
まいらせぬ事いのことしきりめなかき仕へ申されて女
ようしのかんとおもひて此かたぬとすつしくうつゝいて
さのしぬのきぬしてこまるるおかいらつるすとや
けりつもまいり給ひしかふくこゝろをれを給ひとき
てゆすくしもいんすへ人なかくてるもれしも人なきふ
さうくとしさかくいきものきにゆきかまへにまいりられ
隠すうられ夢しんなうこゝもとはまりけかく
らくしおきさるきくれたるみさいありぬましにゆうくる
姫君なもあるしとあふらうやうゝもなをきしまふさんれかねる

あはれんゆうきおのれ亡霊の身となつてされなのめし時安藝守を
清盛は楊貴妃さき人のあまりいはば余所ながらせまひてゆくる基
めとり嫁としてかのうちはよねんくいあふせう此度の御神遊
三郎君の御家来忠盛にめしとらるもまくそれげむそただちに
すゝむを経へともうへこのれあかしそおしれなむれふの日
業なへしゆ為めしくと命はるかこそせめてはすと定まれ
何事とも日くれぬ平家に入して将の侍かるまじきおくとよもの
あくに外せ姫君たゝしつるはいよ十一歳又なし火とよし
しかあるにともり御はてゝくらにつけ今は清盛の御方へ
むかへて伏見の常盤わたりなん誕生まうて八十二とかや
月まふそ住かつてし二十三歳をはしれはきこえ色くらしてなぐらん
京ゆうらうらしくてあの君の御前教はなんさとけるいとせ
まへそれゆすりとよし時のかはにはれくるしは命と君て

まかくとやくるゝそあい給あれきかれとも悪文にまいらせ
あし声さへしらにあそなしし新枕の太夫まいりの夜あけ
しやかるゝきぬとよし聞しまてし御返事とも聞しらはよ
くきつくめつるまくしとものゆるくあるまき枕に寝入ぬ
武部大輔なそろてき聲めてしあるおこりもしとしひと
とつくしのふともあすはとくまいらくけんさんはいら
たんとこよひゆうしさいしせんとし宗にいつかくる
こうらんとんめか我もとまてうそうまてしき事しは
かきかるしここよひらいわうとまかたゆるれとしてて
入るんわつくしは書状内に高しをとめきくるまや流布
こるくて四つ刀をつるめあてもつきうくつてるきさせそ
おしみしい四てつれつてるつけしきれしとみこるくあけ
あふちめくし鬼まへとし卯月のはしくゐつて悪文人よ河

まいらせしに也わらひぬるうたに上るりはもらひ御よみ見させ笛の音うす
くこにすゝしの息きこうせまへや笛も音にさゝたけのうちの宰相殿の名も是
たゆし源く吹きの明の鵝銀いろうにゝいゝにもれまひらんとに
うくにいうやゝゝめ二人おもちとかしそてまきまひけるり
上るりこそ車は音めとりにすゝ笛は音ちくまつめ実せんはゐも
冷泉卿のめいは笛の音にあきらかまくらなみとゝめしはじめてや
あれも笛らうすさくらうらさきは声ハくもハ風のきいてしせ
ともほそに、なるひとハなるおいぬる地ゆく雨もすこしつもる也
恋よわつこさしさいあんとうもとつらめんとし月にのゆて
そてけくかと詠しまふとやうたらなれは声とやすらしてひを
うちにいきへらるいにかりしめしまかせまひてけゆに
まいしせまひて此姫君の其七月いめしせまひけるハ下向あ
まうく四季のつゝらそれは帝なるときハもとるは上一くれゐとに

くちあをまてれ給ひしさに様の御おもふるふくめらかそれ
わふきはむらしつきゝあはれいとをきいとめでたしおもしろきこと多め
おほきはしよの利し源氏のまくれ抱かれんと云人なれしつとひや
又之すとなりと云て思ひやりてはしきめまいへちらつうち利
らんの御ありやりけるもの之位にそこめしし給ひ其夕月に跡
しれいしはむすたなるにいしいしませまふと云人なれなと
なをし関白もあらそひて高陽院車にのりたる車給ひしかんとや
くされしは御とらいやうくら御文ましゝはらはる云かゐかにとてはかいて
あらさせあひぬは牛車にてまうしせこて内よりの御之位にな
しりそとく宣旨給かはらはいそかは内にと云人なれしをまを
もみ之位のなしめと云人し門あまぬや之車やをまうせさめ
うたやんめせと云時姫宮之んのおほね給ひしと藤みつかひして
とうゐもひとあへとくいそかは車にめして延喜る事いは車に

のかたうつりまひて姫君めのとの上にうへの給は親とある様
おもはしきをやいつまでかはおもひてとも園の侍もきこしせ
まいらさんとうしろにはせまいらし

侍つまゆ色いまもかりはるを山の御陰
岩ねにもかにせり続く〳〵那

女こゝれをやうしめしめ

せうもけふ思ふかれぬるときこえさせて

わうはたてとめくいの秋あかれ

は車つくなりけれゆしろしあふまであるしさうらふ給
おもひそしはめのとこのさかきれおかめのうへ入まゐは悦いかさまを
なし八月いれはさんの月なれたやうくれは祈もあつそのきこし
あやうさん色いわんはよろこいてまつよふ女れ母あまうこやし
めしいてやあやしれめのとも女れまうるくおかさせしかは

いゝんや左大しんとのゝむすめさきとのゝ女御やまひもおもく
もけなりつゝまひゐたるは御あそひしはしあやしのはしたいつにとく
の返事車さしまいらせよとあいくれなる御さまの十二てきのあちやう
みせさせよとくれなゐのちしもおもしろとかはしてまいらせら
とらの御車やらせはしらけりきるとあるほとにかせともいつゝあゝ
これよいるさ御てさこそあとは入内せさせ給ふ母帝は浪しておはしまさ
やせのとゝくめもろもろ人おゝしけらせと思めしはまこれ
おゝせいしきとらせいとせて文字のあるとおいせしおかた
御むこにさちかもまゐつこれとも我子にいまそてもいしきせんとて
こしゐるきはめてかすいしらせていろはうしつかはしくさる
あもあくられぬとおもわれたらに御門有はしめ時のれ門まや
まいせまひつゝるの妻のあつかはすにかくれさせまひぬいまつし
まふけは君もたゝしまさんとてまさやうして入上入せんさあり

御きやうは、なをらく／＼井に付せまいらせ、宮家よりも薬し参
てしうきめらんせし三条の姫君は、御ころせまいらせつる文
寄中ゆゑに、ころせまいらせ節も川さかりもの恩よするさかなし
系紀殺めしやしぬか逢とあわれいそとさらりてこれより
中系紀殺あまりするんといはぬつみふしとはねつく
さよもうれしきにいさんやなうくをらせまひつる
とゆようるるけくいかよとぬ姫君給よ幸川節
きやうぬ給は伝よ付せらまふ月侍しおもまて熱へ帰ら
あひらん系紀の給とぬ宮乃月いにうもしく難しらん仏神
三条殿加護あらしよしくも祇よし源風のるんなくくる
月なきしらいもと祝福にしをやくとをくへて付まいらす逢れ
車之すしくしてせんてるすれとしそて三条よりのにしらせ
まふけのまれ三位そろの殿宮位れおおおりてはるとさつてお

給ふ上臈衆のこしよふやうハいかにもさハうしくしくこまかくに
いせにも姫君きさきのかしらをもせんとおもしろくきより
三つにまいらせを過もうつわりに変しくしれをゆわんとおもめし
給はゝおもかくへまいらするまいらせ上臈衆とめまいらせ
まくらとりやせてし給はゝ七色の色紙やうらく八宝のかさりきれ
こさなやうしよりこれを出させまひて上臈衆ろくの役にすへ
まつりわれし時はかるしさくやめのうるしさゆきも行しくさ
つとひろと姫君あまきにそなへまいらす上臈衆見しとかしくなん
箱御ハあまきし其文書も二ッにまます
姫君は姫しと見るに行て云
まいりておれはあるも見りとあまりにつるさておなりめした
まふたとくしすいせまつるとて御もてもまつるまめにさうらく
まいらせふみつせいつ宮てんよりそへいさしゑいさせあひ

解題

『一本菊』は、室町物語（御伽草子）の中でも、貴族を主人公とする公家物に分類される作品である。鎌倉時代の物語である散佚した作品『あだ波』の改作であると考えられている。筋は継子物の大枠はあるものの、かなり複雑である。内容を簡単に記す。

天暦の帝の時、三条高倉に右大臣がいた。宮との間に、若君一人姫君一人が育ったが、宮は死んでしまう。やがて継母が来て、やはり若君一人姫君一人が生まれる。父右大臣は死に、継母の若君が嫡子として家を継ぐ。兵部卿の宮邸で菊合わせがあり、一本菊が召され、兵部卿の宮は宮腹の姫に通うようになる。宮腹の若君は継母の讒言により流されるが、やがて都に戻り、一族繁盛する。

諸伝本は数多く、松本隆信氏編「増訂室町時代物語類現存本簡明目録」（『御伽草子の世界』一九八二年八月・三省堂刊）の「一本菊（別名白ぎくさうし）」の項には、以下のように分類されている。

Ａ一　慶応・［室町末江戸初間］写本　大一冊　《影印室物二・大成十一》
二　天理・［室町末江戸初間］写本　大一冊
三　大洲市立・［室町末江戸初間］写本　大一冊　《芸文研究二八》
四イ万治三年西田勝兵衛尉刊絵入大本三巻（赤木）　《室物三・大成十一》

同右野田庄右衛門後印本（国会・東大霞亭・筑波大・広島大国文・実践女子大）
《近世文芸叢書三》〈室物三解題〉
ロ寛文十一年松会刊絵入大本三巻（天理）　〈室物三解題〉
同右松会後印本（刊年を削る）（彰考館・東北大狩野）　〈室物三解題〉
同右西村後印本（大東急・内閣・国会・京大）　〈室物三解題〉
ハ竜門・写本　大一冊　《龍門文庫善本叢刊十一》
二岡山大池田・享保十一年写本三巻　大一冊
五　刈谷・写本　半一冊
六　岩瀬・奈良絵本　横三冊　〈室物三解題〉
七　天理・写本　特大一冊
八　慶大斯道・奈良絵本　横三冊　《大成補二》
九　徳江元正・奈良絵本中欠　半二帖
B　京大・写本（扉題「白ぎくさうし」）　大一冊　《室物三》
※　小野幸・写本　大一冊
※　天理・写本　大一冊
※　［寛永］刊古活字版大本二巻（小汀旧下欠）　〈古活字版の研究〉
この一覧は、基本的には松本氏の一覧をそのまま引用したが、《　》括弧内の活字本については、近年刊行されたも

のを補った。これ以外にも、パリ国立や上田図花月等にも伝本があるし、編者のもとにも、元は大型絵巻だったと思われる詞書き三紙がある。

内容が複雑な上に、諸伝本も数多く、本文の系統も幾種類にも分かれるため、なかなか整理が難しい。今回影印した本は、松本氏の一覧でいうならば、四の版本系統に属すようだ。

本書の書誌を簡単に記す。

所蔵、架蔵
形態、袋綴、一冊
時代、［江戸前期］写
寸法、縦二四・六糎、横一七・六糎
表紙、栗皮色表紙
外題、表紙左上題簽に「一本菊」と墨書
内題、ナシ
料紙、斐紙
行数、半葉一三行
字高、約二〇・六糎
丁数、墨付、三十二丁
奥書、ナシ

印記、巻首と巻末に「小川寿一蔵書」の朱印

なお、本書は最後の一丁程を欠いている。万治三年刊本を翻刻した『室町時代物語大成』十一で欠けている部分を以下に記す。

いかにく、しめじがはらと、ちぎりしは。このゆくすゑを、おもひしぞ。
いまの、よろこびに。さんみのちうじやうに、なし給ふ。八日の日。二位の大納言に、なり給ふ。
さても、はりまのさんみ。そつ。しゐのせうしやう。いかゞすべき。さつまがた。いわうが島へ、ながすべき。
せんじ、ありければ

［挿絵　第十三・第十四図］

兵衛のすけ。おもひもよらず。父右大臣殿の。草のかげにて、おぼさんも、あはれにおぼえ候。今度の、よろこび申には。るざいを、なだめさせ給へと、申ければ。
さるにても。われに、たゞの物をおもはせ。こゝろを、つくさせたれば。かふりを。ばひ。くわんをとゞめむも、なをあさまし。
はりまのさんみ。そつ。しゐのせうしやう。都のうちを出て。やどさだめぬ、身となして。九重の都。はらはれ候。らうしやの、せんじを、かうふりて。都のうちを、いだされぬ。
さるほどに、きさきのみや。又二の宮、もうけたまひぬ。その御よろこびに。兵衛のすけ。くはんばく殿下とぞ、申ける。

じゞうのないし。めのとばかりをたのみて。なくく、くだり給ひしが。くはんばく殿の、きたの。まんどころとぞ、なり給ひける。

御門も。若宮二人。ひめきみ二人。出きたらせ給ひぬ。姫宮、一人は、伊勢のさいくう。一人は、かものさいゐんに、たゝせ給ふ。かたぐめでたく、さかへさせ給ひけり。

くはんばくどのも。わかぎみ三人。ひめぎみ一人、おはします。太郎は。とうの中将。二郎は、さんみのちうじやう。三郎は、しゐのせうしやうと、聞えけり。

ひめ君は、一の宮。御くらゐに、つかせ給ひしかば。十ぜんの、きさきに、つかせ給ふ。梅つぼの、きさきとぞ、申ける。

ごんのせうしやう。ないしになる。ちうじやうの、みやうふは。きゐんの、にようばうにて。なさけをゝく。おほえ、いみしかりけり。

中務の中将。右大臣殿になり給ふ。ゆくすゑ、はるくと、さかへ給ふ。めでたきためしに、申ける。

むかしも。いまも。ぶつじん三ぼうの、御ちかひ。おろかならねども。はせのくはんをん。清水の、せんじゆくはんをんの。御りやうはうべんに、すぎたる事ぞなき。

なさけ、あらん人は。行すゑまで。かやうに、さかふべきものなり。しやうぢきしや、ほうべんたんぜつ、むじやうだう、これなり

いとふへき、うき世のほかは、すてはてつ、いまはまことの、みちをいのらむ

室町物語影印叢刊１　一本菊
定価は表紙に表示しています。

平成十二年三月三十一日　初版一刷発行
編　者　石川　透
発行者　吉田栄治
印刷所　エーヴィスシステムズ

発行所　㈱三弥井書店
東京都港区三田三－二－三十九
振　替　〇〇一九〇－八－二一一二五
電　話　〇三－三四五二－八〇六九
ＦＡＸ　〇三－三四五六－〇三四六

ISBN4-8382-7023-2 C3019